Pica, pica varicela

por Grace Maccarone
Ilustrado por Betsy Lewin
traducido por Yolanda Nola

¡Hola, lector! — Nivel 1

Cartwheel BOOKS™
Scholastic Inc.
New York Toronto London Auckland Sydney

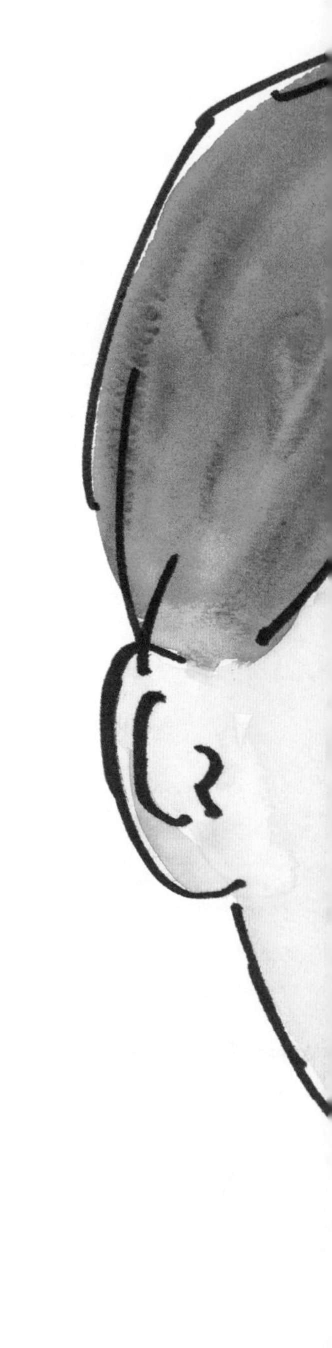

Una mancha.
Una mancha.
Otra mancha.

¡Ay, ay, ay!
¡Varicela!

Debajo de la camisa.
Debajo de los calcetines.

Pica, pica,
varicela.

No te frotes.
No te rasques.

¡Oh, no!
¡Cuántas más!

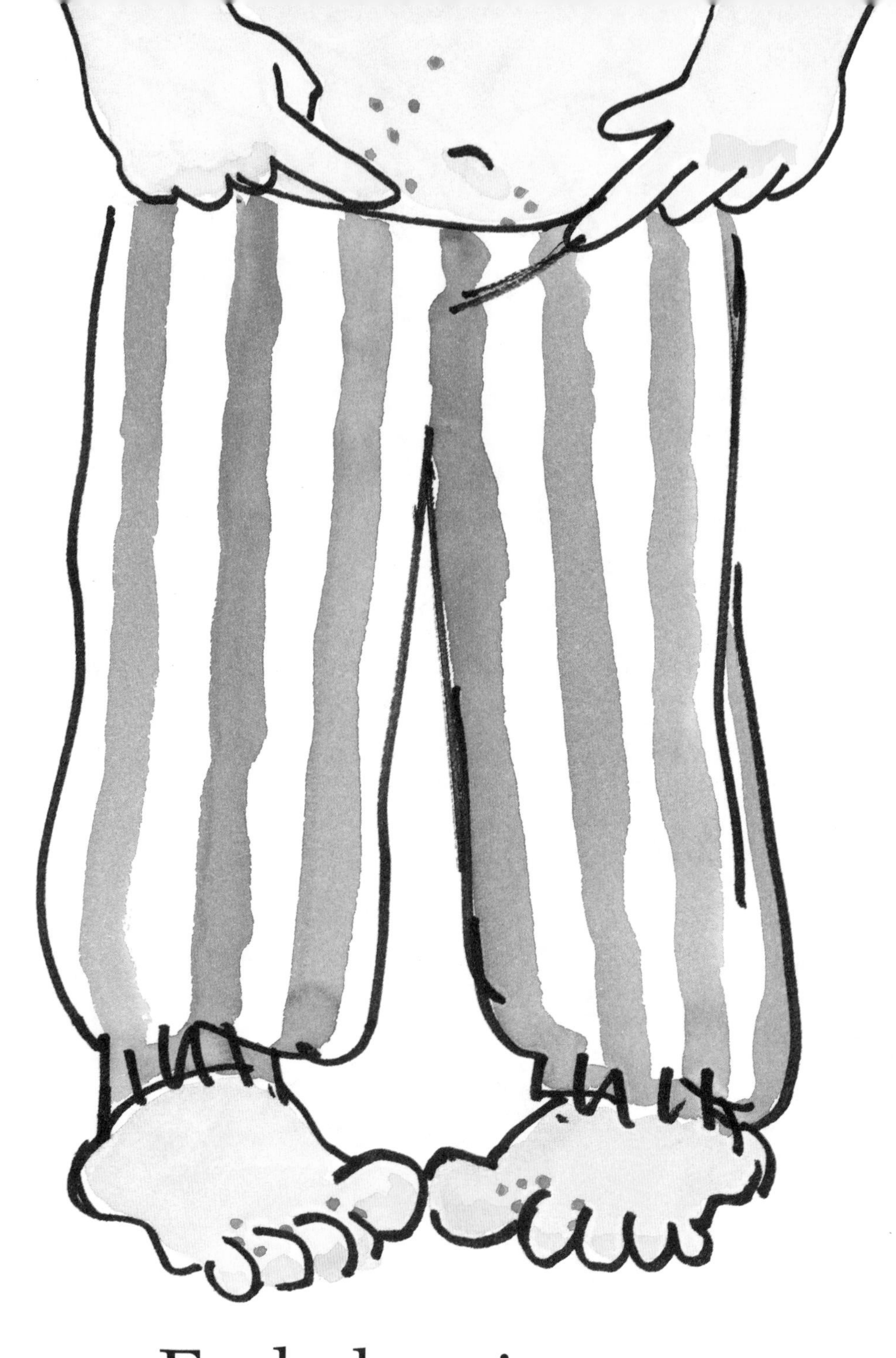

¡En la barriga
y hasta en los pies!

¡En la espalda,
en la nariz!

Con la loción,
se alivia la picazón.

¡Pero al rato,
vuelve otra vez!

Una, dos,
tres, cuatro.
Cinco y seis...
y muchas más.

Papi cuenta
las ronchas que me
pican.
¡Muchas, muchas
ronchas!

Pica, pica,
¡Cómo pica!

Salgo corriendo.
La picazón sigue
ardiendo.

A mi patito de goma
el baño de avena
no le hace gracia.
Pero mami dice
que es bueno para mí.

Descanso.

Leo.

Como.

Juego.

Cada día
me siento mejor.

Hasta que al fin...
desaparecen las
manchas.
¡Viva!

¡Ya estoy mejor!
¡Y contento
a la escuela voy hoy!

A Jordan
—G. M.

A Taylor Duffy y a Austin Geary, con la esperanza de que este libro les sirva de consuelo si llegaran a aparecer las primeras manchas.
—B. L.

ISBN 0-590-69817-6

12 5 6/0

Printed in the U.S.A. 23

First Scholastic printing, March 1996

A LOS PADRES

Lea en voz alta con su hijo

Las investigaciones demuestran que leer libros de cuento en voz alta es el apoyo más valioso que los padres pueden brindarles a sus hijos.

- ¡No tema actuar! Mientras más entusiasmo usted demuestre al leer, más disfrutará su hijo el cuento.
- Según lea, señale el texto con el dedo para que el niño pueda seguir la lectura.
- Tome tiempo para examinar las ilustraciones de cerca; estimule al niño a encontrar cosas en los dibujos.
- Invítelo a unirse a la lectura cuando haya una frase que se repita en el texto.
- Relacione los eventos del cuento con eventos similares en la vida de su hijo.
- Si su hijo hace una pregunta, deténgase y respóndale. El libro puede ser un medio para conocer mejor lo que su hijo piensa.

Escuche a su hijo leer en voz alta

El apoyo que usted le puede brindar a su hijo al escucharle, y sus frases de ánimo, son esenciales para que su hijo se esfuerce en aprender a leer.

- Si su hijo está aprendiendo a leer y no sabe una palabra, dígasela enseguida, pero no le pida que pronuncie la palabra para no interrumpir el sentido de la lectura.
- Pero, si su hijo comienza a pronunciar la palabra, no lo interrumpa.
- Si su hijo lee en voz alta y se equivoca, determine si el error no cambia el sentido de la frase. Si la palabra "camino" ha sido sustituida por "calle", por ejemplo, el sentido no se ha perdido. No interrumpa la lectura para hacer la corrección.
- Si el error cambia el sentido de la oración—por ejemplo, "caballo" por "cabello"—pídale que vuelva a leer la frase porque usted no está seguro de haber entendido bien.
- Sobre todo, disfrute los logros que su hijo hace en la lectura y felicítelo con frecuencia. Usted es el primer maestro de su hijo—y el más importante. Su estímulo y apoyo son esenciales para que se arriesgue y continúe aprendiendo.

—Priscilla Lynch
Doctorada por la Universidad de Nueva York
Consultora Educacional